加藤楸邨の百句

人間の業と向き合ふ

北大路翼

ふらんす堂

目次

加藤楸邨の百句 3

難解だとは言ふけれど 204

初句索引 217

加藤楸邨の百句

病める蚕を見つつすべなし夜の暴風雨

『寒雷』
昭和6〜9年

1

食べかけの穴だらけになつた桑に、病気で元気のなくなつた蚕がじつとしてゐる。病気の蚕は黒ずんでゐたり、丸まつてゐたりするのだらう。むごたらしい景色である。そして外は、夜でもあり、暴風雨でもある。蚕の飼育箱も、外界も荒れてゆくばかりだ。正直、くどい。ドラマの作り過ぎだ。でもそれが楸邨なんだと思ふ。定型の破壊も恐れず言ひたいことを盛り込んでいくスタイルは第一句集の頃からも見られる。「見つつつすべなし」といふねつとりとした諦念もオリジナルだ。

サイレンをきき熱風に憩ひける

『寒雷』
昭和6〜9年

2

何のサイレンだらうか。まだ戦争関係の警報ではなく、防災訓練か何かのサイレンなのだと思ふ。「憩ふ」にも比較的のんびりとした雰囲気が漂つてゐる。では、ただののんびりした句かと言へば、それだけではない。この句の面白さは「熱風」の発見だ。普通は夏に憩ふといへば涼風をイメージする。歳時記にも、端居や涼みなどは、涼しい風だと解説がある。ところが実際は静かにしてゐれば熱風でもやすらげるのだ。肉体を通して初めて捕まへられる実感だ。頭では作れない。

麦を踏む子の悲しみを父は知らず

『寒雷』
昭和10～12年

3

親子、特に父と子のすれ違ひは人類が生まれたときからのテーマであらう。退屈な麦踏みに飽きてきた子の苛立ちを感じたのか、子供ながらに働かされる子に憐れみを感じたのか。寄り添ふやうでゐて「父は知らず」はかなり独断的な言ひ方である。自己陶酔とまでは言はないが、わかりあへないことを否定しない態度だ。むしろわかりあへないからこそ助け合つて生きていくべきだとの覚悟がここにはある。明治の男の無骨さ。

枯れゆけばおのれ光りぬ冬木みな

『寒雷』
昭和10～12年

4

枯れて枝だけになつた冬木は、葉がない分、却つて日差しを浴びやすくなつて光つてゐる。この光は想像の光ではなく、実際の冬陽だ。枯木を明るくしてやらうと、頭の中で日差しをあつらへることはできるかも知れないが、この光のリアリティがスゴイ。下手に真似をしようとするとただの嫌味な句になつてしまふ。楸邨の句は一見観念的で、マイナスイメージを無理矢理プラスに転化してゐるやうに見えるが、どの句にも先入観にとらはれないナマの実感が優先されてゐる。「みな」のくどさはご愛嬌。

せんすべもなくてわらへり青田売

『寒雷』
昭和10〜12年

5

卑屈な笑ひだ。しかしこの笑ひこそ本質的な笑ひなのだと思ふ。生活苦からつひに田圃を売つてしまつた農夫。そしてこのわづかな金が尽きたら次は娘を売る番だ。どうしやうもない状況に追ひ詰められた人間が、他にやることもなく笑つてゐる。哀しさ、苦しさを突き抜けたとき人は笑ふことしかできなくなるのか。それを見てゐる人もきつと微笑み返すふりをしたであらう。笑ひが卑屈なのではない。貧しさが卑屈にさせるのだ。生きることとは何か、徹底的に追求した一句である。

かなしめば鵙金色の日を負ひ来

『寒雷』
昭和10〜12年

6

　鵙は鋭い嘴で小動物を捕食する鳥。それが金色の日を浴びながら現れるといふのだからイメージは強烈だ。食物連鎖をそのまま曼荼羅にしたやうな神神しさもある。金色は「こんじき」と読む。「きんいろ」では、この神神しさは出まい。荘厳なイメージをぶつけることで、かなしみが個人のかなしみではなく、人類が持つ共通のかなしみであるかのやうに見えて来る。何にかなしんでゐるのか明かされてゐないところにもスケール感がある。

子の反抗泣きつつ蟬を手に放たず

『寒雷』
昭和12年以後

7

反抗、泣く、手放さない、全てが熱量を持つた言葉だ。下五の否定形にもおのづと力が入る。字余りも効果的だ。泣いてゐる子のエネルギーをここまで執拗に取り上げた句は皆無であらう。そして特筆すべきは蟬の使ひ方である。木にとまりもしなければ鳴き声も上げない蟬は、子の手に握られ、わづかに翅を震はせてゐるだけである。俳句ではいつも主役になつてゐた蟬が、小道具として扱はれてゐるのが面白い。子供を前面に出しつつ小道具としての蟬も動かない。

鰯雲人に告ぐべきことならず

『寒雷』
昭和12年以後

難解な句だと言はれてゐるが、「告ぐべきことならず」は自問だと思ふ。「寒雷」の宮崎筑子氏に聞いた話によると、教師だつた楸邨が、生徒を次々と戦争に送り出したことを悔いて発した言葉らしい。止めたいが、戦争に反対すれば処罰されてしまふ。言ひたくても口に出せない怒りを「人に告ぐべきことならず」と自責の念を込めて呟いてゐるのだ。壮絶な覚悟にひりひりする。

鰯雲に思ひのたけを託してゐて切ない。

蟇誰かものいへ声かぎり

『颱風眼』
昭和14年

9

この句は「鰯雲人に告ぐべきことならず」とセットで考へたい。自由な発言が制限されてゐる世の中への義憤を詠んだものだと思ふ。決して沈黙のさみしさを詠つただけの句ではない。鳴けるのに鳴かずにじつとしてゐる蟇。蟇もまた何かに沈黙を強ひられてゐるのだらう。

グロテスクながら生命力あふれる蟇に己の姿が重なつてくる。下五の「声かぎり」の「かぎり」に悲痛な思ひが見え隠れする。

山ざくら石の寂しさ極まりぬ

『颱風眼』
昭和14年

このぽつんとした感じ、説明不要で名句だと思ふ。「山ざくら」の地味な感じが寂しさを引き立ててゐる。染井吉野ではこの寂しさは出ない。それに何といつても「石」がたまらない。「石」の真の寂しさに辿りつけるのは楸邨とつげ義春ぐらゐだらう。凡人は石を見てもここまでの感慨が浮かばない。

極まるも強い言葉だが、静謐でこの句を引き締めてゐる。山口誓子の「悲しさの極みに誰か枯木折る」の「極み」と同時に味はひたい。

灯を消すやこころ崖なす月の前

『颱風眼』
昭和14年

崖は楸邨にとつて重要なモチーフ。一時期住んでゐた家の裏には実際に崖があり、常日頃、崖と対峙しながら過ごしてゐたやうだ。この句はまさに家から見た崖の景色であらう。寝るために灯を消すと、窓の外に見えてゐた崖は見えなくなるが、心の中にその景が再現される。まどろめばまどろむほど、世の中とは隔絶してゆき、やがて心の中にも完全なる崖が形成される。そしてそこに差し込む月の光。光をあてられることで逆に孤愁が漂ふ。

蝸牛いつか哀歓を子はかくす

『颱風眼』
昭和14年

子の成長に喜びながらも、素直に喜べない親心。「お前も哀歓を隠すやうになつたな」とはどれだけひねくれた言ひ方なんだよと突つ込みたくなる。一方、この裏側に、哀歓を隠し切れない子供じみた自分の存在がある。何かと嘆いたり、怒つたりする情けない父親を恥ぢてゐるのだらう。

もつともこの句、「いつか」だからまだその時期は来てゐないのかも知れぬ。無表情な蝸牛を見ながら、子供たちの将来を夢想してゐる。

つひに戦死一匹の蟻ゆけどゆけど

『颱風眼』
昭和14年

13

楸邨の句を読むといつも発想の順序を考へる。この句の場合も、一般的には戦死を詠まうとして、兵士の喩として蟻を連想するのだらうけれど、どうも違ふ。蟻の描写が細かくて生生しいし、「ゆけどゆけど」と追ひかける文体も、興味は蟻の方にあるやうに見える。蟻を描写し続ける内に、蟻の中に兵隊の姿が重なつてくるのだ。写生派が至上としてゐる「ものをよく見る」を超えた、対象に入り込んでいく姿勢がよくわかる句だと思ふ。

蟻地獄昨日の慍り今日も持ち

『颱風眼』
昭和14年

14

「慍り」はいかりと読む。「怒り」よりも内省的な「いかり」をいふのだらう。内容としては、昨日も今日もずつと慍つてゐるといふだけのことだが、この素直さに共感を禁じ得ない。たしかにずつと「慍り」が収まらない日は誰にでもある。イライラしてゐると、イライラしてゐる自分になほさらイライラしてしまふことだつてある。炎天で餌を待つ蟻地獄のストレスが、「慍り」を煽つたのであらう。もしかすると頭のどこかで、蟻が罠にはまる凄惨なシーンを期待してゐたのかも知れない。

汗の子のつひに詫びざりし眉太く

『颱風眼』
昭和14年

親が親なら子も頑固だ。「汗の子」なので、夏休みの風景であらうか。怒られても謝らずにじつと黙つてゐる子供。謝るのが嫌なだけではなく、本人も悪いことをしたとは思つてゐないのかも知れない。眉の太さに強固な性格が滲み出てゐる。中八が長い時間を感じさせ効果的だ。楸邨は沈黙といふか、膠着したじれつたい時間の捉へ方が実にうまい。俳句は一瞬を切り取るものだと言はれるが、楸邨の一瞬はとても長い時間を濃縮した一瞬だ。

雪を嚙み火夫機関車の火を守る

『穂高』
昭和15年

16

雪を噛むのは火夫であり、機関車の車輪だ。火夫と機関車が一体化したやうな力強い一句。「かみ」「くわふ」「きくわんしや」といふカ行の畳みかけも、緊張感がある。読むときは、雪を噛み／火夫／機関車の／火を守ると火夫のあとで小さく切りたい。五・二・五・五のリズムも火夫の動作と合つてゐると思ふ。何気ない一語であるが、「守る」もなかなか言へない一語だ。強さだけではなく、温かみを感じさせる一語で火夫の人となりまで見えてくる。

共に噛む柿の冷たさを訣れとす

『穂高』
昭和15年

一つの柿を一口づつ嚙んだと思ひたい。別別の柿でも面白いが、冷たさに着目すると、一つの柿の方が断然訣れの重さが出てくる。一口嚙んでから、「ほら、お前も食へよ」と投げ渡した柿。そこには先に持つてゐた方の、体温があるはずなのに、なぜか冷たい。まだ若い柿なのかも知れない。てらてらとした皮の質感も、どこか運命から拒絶された感じがする。とにかく重たい訣れだ。お互ひを慰め合ふ言葉もなく二人は黙つてゐたに違ひない。

外套に銭あり握りては離す

『穂高』
昭和15年

小銭がある嬉しさではない。小銭しかないない苛立たしさだ。外套のポケットに手を突つ込んでは、カチャカチャと音を立ててゐる。競馬場や競艇場でもよく見かける風景。お金はなんで音の出る硬貨にしたのだらうか。音さへ鳴らなければもう少し冷静でゐられるのに。「握る」も切ない。金に運命を握られてゐる感じさへする。一度手離した幸運は二度と戻つてこない。と、ここまで書いてきたが、「握る」をひさしぶりに小銭を持つてゐる高揚感と読んでもいい気がしてきた。楸邨はギャンブルなんか嫌ひだつただらうなあ。

春愁やくらりと海月くつがへる

『雪後の天』
昭和15年

海月は不思議な生物だと思ふ。意思があるかどうかもわからず、ひねもす波に漂つてゐる。波に身をまかせる様子はもはや生きてゐるかどうかだつて怪しい。原因のわからない春の愁ひも海月と同じ。何となく晴れない気持ちは、海月の存在そのものだ。ところがこの句は下五で突如、海月が意思を持つ。引き波によるものかも知れないが、この「くつがへる」は海月が意思を持つてゐるやうに感じる。愁ひの心でぼーつと見てゐた作者もはつとさせられたに違ひない。

隠岐やいま木の芽をかこむ怒濤かな

『雪後の天』
昭和15年

上五の真ん中に「や」を置いた技法が斬新。だからこそこの「いま」に籠めた思ひを慎重に味はひたいと思ふ。楸邨が後鳥羽院に共鳴して隠岐を訪れたことは周知の通りだが、この句は隠岐で詠んだのではなく、隠岐を訪れる前に、隠岐に思ひを馳せて詠んだ句だ。隠岐を訪れる前の昂りが伝はつてくるだらう。木の芽の一つ一つがすでに楸邨の頭の中には浮かんでゐる。「怒濤」は隠岐に打ち寄せる怒濤であるとともに、楸邨の熱情の怒濤だ。

十二月八日の霜の屋根幾万

『雪後の天』
昭和16年

21

一九四一年十二月八日、真珠湾攻撃。この日から太平洋戦争が始まつた。『雪後の天』の刊行は一九四三年なので、戦後の感慨ではなく、まさにこの日を詠んだ句である。灯りの数だけ生活があるといはれるやうに、屋根も一人一人の生活の象徴だ。霜が降りてゐることで一層慎ましさが強調されてゐる。単なる反戦へのメッセージではなく、生活を見つめることで、戦争を起こすのもまた人なのだといふやりきれない気持ちも滲み出てゐる。

生きてあれ冬の北斗の柄の下に

『雪後の天』
昭和17年

上五だけでぱーんと平手打ちをくらつた気になる、直情の句だ。戦中であることが「生きてあれ」の意味を重くする。単なる元気でゐてねといふ挨拶ではなく、いつ殺されるかもわからない戦地の人人への偽らざる激励だ。こんな激しい感情も俳句になるといふことが嬉しい。そして「北斗の柄」と対象をしぼつていく視点の移動も見事。一つ一つ、星を結んだ柄の先は戦地にもつながつてゐる。冬の厳しい寒さも戦地の苛酷な状況を想起させる。

毛糸編はじまり妻の黙はじまる

『火の記憶』
昭和18年

リアリティだけで妻を詠んだ句。一般的に妻を詠むときは心情がまざりがちになるが、楸邨の妻の句にはこの手の句が多い。じ～つと妻を観察して詠んだ句だと思ふと真面目さが微笑ましい。意図しないをかしみとはこのことをいふのであらう。さつきまでぶつぶつ言つてゐた妻が、突如静かになつたと思つたら、毛糸編みをしてゐた。それだけのことだが、夫婦間にしかわからない不思議な信頼感が伝はつてくる。

僕がこの心境をわかるやうになるにはあと五十年必要だな。

三月十六日（午前警報あり）

冴えかへるもののひとつに夜の鼻

『火の記憶』
昭和20年

24

芥川龍之介の『鼻』を持ち出すまでもなく、鼻はその人の特徴をあらはす大事な部位である。長軀で細身の楸邨は、その体格のやうな鼻にことさら興味を持つてゐたやうだ。「鼻」の佳句も多い。この句も鼻の存在がテーマ。

一進一退の季節と戦局に怯えながら、暗がりにうかぶ鼻先を見つめてゐる作者。鼻は目から見えるもつとも近い自分の一部である。覆ふものがない鼻先が、一点に夜の寒気を集めてゐるやうでひりひりとした緊張感が句に満ちてゐる。

五月二十三日（夜大編隊侵入、母を金沢に疎開せしめ、
上州に楚秋と訣れ、帰宅せし直後なり。）わが家罹災

火の奥に牡丹崩るるさまを見つ

『火の記憶』
昭和20年

鏡の中の鏡のやうに、延延と続く劫火地獄。もともと真つ赤な牡丹が、火の色を加へますます赤くなつてゐる。崩れる様はもはや牡丹なのか、炎なのかわからない。「散る」でもなく「落ちる」でもなく「崩れる」としたところが秀逸。燃え盛る炎の様子がよくわかる。

映画「緋牡丹博徒」では藤純子演じる女博徒、矢野竜子の心情や状況を象徴するために、緋牡丹のカットインがよく使はれてゐた。もしかしたらこの句がヒントだつたりして。

明け易き欅にしるす生死かな

『野哭』
昭和20年

罹災のあとの句だとわかれば句意は明らかである。すべて燃えてしまひ、筆記用具なども一切残つてゐない。逃げてばらばらになつた家族はどこにゐるのだらうか。携帯電話などのある現代とは違ひ、連絡の手段は何もない。辺りも真つ暗だつたはずだ。そして恐怖と不安に怯えながらやうやく迎へた朝。かすかに燃え残つた欅の木に自分の安否を刻み、ばらばらになつた家族を探しに行く。「生死」といふ語の迫力とリアリティが凄まじい。

雉子の眸のかうかうとして売られけり

『野哭』
昭和20年

「かうかう」は耿耿なのか皓皓なのか。いづれにせよ、光り輝くさまであるが、それ以上に「こうこう」といふ響きに鳴き声にも似た悲痛を感じたい。楸邨のオリジナルのオノマトペだ。

ペット用の雉子ではないだらうから、売られるといふことは殺されることと同じだ。死の直前まで、生を全うしようとする雉子の迫力に言葉を失ふ。小動物への憐れみの目ではなく、生きるとはどういふことなのか問ひかけてくる句だ。

はげしかりし君が生涯とかの日の鵙

『野哭』
昭和21年

かの日がどんな日だつたかは読者にはわからない。だがそれでいいのだ。この句は「君」にだけあてた一句である。生涯とあるので、戦死者なのかも知れない。激しく生きて、激しく死んでいつた君。どんなに粗末に扱はれようと、一人の命の熱さは変はらないのだ。君が誰なのかも読者にはわからない。僕たちはただかういふ時代があつたことだけに思ひを馳せればいい。そしてこの時代にこんなに強靱な表現をした俳人がゐたことに。

死ねば野分生きてゐしかば争へり

『野哭』
昭和21年

死ぬと風雨にさらされ、生きてゐても死ぬまで争ふしかないといふ痛烈な皮肉を込めた一句。生と死が同列に並らべられてゐるのが恐しい。つまり、ちよつとしたことで、生と死が入れ替はる世の中なのだ。殺し合ひをやめない人間への怒りであり、野分は楸邨の心象風景でもある。野分の強い響きも印象的だ。生と死をこんなに大胆に扱ふしかなかつた時代があつた。

ある夜わが吐く息白く裏切らる

『野哭』
昭和21年

「ある夜わが」でいつたん軽く切つて、「吐く息白く」と一気に続け、一呼吸おいて「裏切らる」と詠嘆する。心情がそのまま言葉のリズムになつたやうな一句だ。「ある夜わが」といふ一人放り出されたやうな詠ひ出しもいいし、ぽつんと最後に「裏切らる」といふ絶望も魅力的だ。裏切りの内容には一切触れてゐないが、リズムだけで裏切りの深さを感じさせるテクニックが素晴らしい。テクニックだけでなく、白息に体温もリアリティもある。

鵙たけるロダンの一刀われにほし

『野哭』
昭和21年

句作に悩んでゐる時だらうか。どこをどう直してもなかなか句がよくならない。それに比べ、一度手を入れてしまへばもとには戻らない、彫刻の潔いことよ。キーッ、キーッと鋭い声で鳴く鵙も、もつと大胆になれよと嗾けてくるやう。速贄はまさに「地獄の門」だ。彫刻そのものへの感慨ではなく、その作者に思ひが行くところに同じ表現者同士の親愛がある。「一刀」の「一」にも、表現にかける覚悟を感じる。力強いロダンの作風は楸邨にも相通ふものがあると思ふ。

昆虫のねむり死顔はかくありたし

『野哭』
昭和21年

〜欲しい、〜したいと願望の句が続いてしまつたが、楸邨の願望はいつも独特である。この句の場合は、死顔が昆虫のやうでありたいと願つてゐる。戦争のさなか、生きることもままならないせめての願ひだと思ふと切なさが一入だ。具体的な昆虫の名称がないので、顔つきではなく、昆虫のやうな小さくて静かな眠りを望んでゐるのだらう。願望を詠んでも、オリジナルで強い願ひであれば、通俗的な句にならない好例。

苺つぶすは恋のさなかの二人らし

『野哭』
昭和22年

おいしく食べるためとはいへ、かはいらしい苺を潰すのは多少の罪悪感がある。そんな「悪事」を黙黙とこなす気まづさを、恋のさなかだと見てとつた。まだまだ始まつたばかりの恋なのだらう。慣れないスイーツを前に、会話にも戸惑つてゐる。この句、「さなか」がいいなあ。恋が進行してゐる感じがうまく出てゐる。逆にいへばさなかと呼べるのは始めの内だけだ。ぢきに恋人の前でも手でつかんで食べるやうになるだらう。

夾竹桃しんかんたるに人をにくむ

『野哭』
昭和22年

この感じよくわかる。静かになつて、落ち着いて来ると、忘れてゐたはずの怒りが込み上げてくることがある。楸邨も殊更怒りの強い人だつたと聞いた。自分の中に常に怒りを持つてゐるのが詩人である。

夾竹桃は戦争とともに記憶される花。楸邨の憤りは戦争を起こした馬鹿な人間とその存在に向けられてゐるのだらう。特定の個人ではなく「人」をにくむといふところに嘆きの深さがある。

きりきりと紙切虫の昼ふかし

『野哭』
昭和22年

きりきりは激痛ではないが、しばらく続く痛みの音である。しかも身体よりも、精神が蝕まれていくやうな心理的な痛みである。緊張したときに胃がきりきりするといふが、まさにその「きりきり」と同じだ。この句の場合は紙切虫なので、実際に聞こえる威嚇音を詠んでゐるのだらうが、心理的なオノマトペに落とし込んでゐるのがテクニカル。深読みかも知れないが、「昼ふかし」の下五に、ただならぬ紙切虫の心情を感じてしまふ。

寒に入る石を摑みて一樹根

『起伏』
昭和23年

36

下五の響きが素晴らしい。「いちじゆこん」と読むのであらうか。「じゆこん」の「ゆ」の拗音に力が溜め込まれてゐるやうな気がする。こんな樹根に摑まれてしまつては、石は何の抵抗もできまい。むしろ、しつかりとした力で摑まれてゐる恍惚感すらも感じる。ＳＭでも熟練の縄師に縛られるとうつとりするといふ。これから始まる長い冬に、石と樹根のなんともいへない信頼関係が奥ゆかしい。

鮟鱇の骨まで凍ててぶちきらる

『起伏』昭和23年

枯淡、侘び寂びなど従来の俳句的情緒をぶちやぶる圧倒的エネルギー。「ぶちきらる」の超攻撃的受け身形の爽快さよ。ぶちきるは思ひつくけれど、ぶちきらるは常人では思ひつかない。身を削がれていく鮟鱇と心情が重なつていくすさまじさよ。

鮟鱇であるから冬のことだとはわかるが、「凍て」で執拗なまでに凄惨さを畳みかけるのも気持ちがいい。季重なりをルールでしか把握してゐない人たちは、一生こんな凄みを理解できないだらう。

金蠅のごとくに生きて何を言ふ

『起伏』
昭和23年

蠅を詠んだ珍しい句。思へば蠅ほど身近な生き物もゐないだらう。こんなに毛嫌ひされてゐるのは不思議だ。見た目は蚊や蜂とそんなに変はらないのに、汚らしいイメージが嫌はれてゐるのだらうか。西洋でもベルゼブブなんかは悪魔だもんなあ。世界的に嫌はれてゐる存在なのね。この句はそんな蠅の嫌なイメージをうまく活かして嫌な奴を描いてゐる。それにしても蠅のやうな生き方つてどれだけひどいんだらう。金の字も金銭に汚なさうで救ひがない。自虐も少し。

罐焚の目鼻模糊たる霧の中

『起伏』
昭和23年

罐焚は機関車の火夫。燃え上がる罐の中にひたすら燃料の石炭をくべていく。涼しい顔の運転手とは対照的に、目立たない地味な重労働だ。顔も煤だらけで真つ黒になつてゐるのだらう。次第に目も鼻もわからなくなつてくる。霧は実際の霧だけでなく、煙だらけの罐焚の視界のイメージか。模糊といふ固い表現も労働の厳しさを感じさせる。罐焚の動きを直接詠まずに、厳しさを感じさせるところが上手い。

朝の柿潮（うしほ）のごとく朱が満ち来

『起伏』
昭和23年

40

柿が熟れて食べごろになるのが待ち遠しくて仕方ない様子。なんとも微笑ましい一句だ。潮の喩もわくわく感が伝はつて来るし、波打ち際のグラデーションも柿の色を見事に表してゐる。一読、「朝の柿」と朝に限定する効果があまりわからなかつたが、海辺を想像すると朝が断然いい。柿の朱が日の出のやうにも思へてくる。「寒雷」の何周年記念かの手帳の表紙に「潮のごとく」とデザインされてゐたことを思ひ出す。本人も気に入つてゐたのだらう。

木の葉ふりやまずいそぐないそぐなよ

『起伏』
昭和23年

警句のやうな句は広がりに乏しく成功しづらい。この句も「いそぐないそぐなよ」に同様の懸念があるが、独特のリズム感が標語臭さを解消することに成功してゐる。そして何よりも、誰が何に対して「いそぐな」と呼びかけてゐるか具体的に書かれてゐないところが魅力的である。

僕はかつて、男女の性交のシーンを書くときにこの句を挿入したことがある。まあ、さういふことではないとは思ひますが。

肥かつぐ背が枯野よりもりあがる

『起伏』
昭和23年

パワーワードの連発。「肥」も「かつぐ」も「もりあがる」も生命のエネルギーに溢れてゐる。そして主格の「が」がしつかりと言葉のエネルギーをつなげてゐて素晴らしい。「が」はかなり強い助詞なので使ふのが難しい。ほとんどの俳人は「の」を選択するだらう。「肥かつぐ背の枯野よりもりあがる」。「が」と「の」の違ひを声に出して比べてみて欲しい。「の」の方が流暢ではあるがこれでは背が見えてこない。「が」で踏ん張つたことで、「もりあがる」が生き生きとしてくる。

霜夜子は泣く父母よりはるかなものを呼び

『起伏』
昭和23年

季感を「霜夜」にするか「雪夜」にするか悩んでゐたといふのは有名な話。「霜」の方は、ねつとりとした情念が湧いてくるイメージ。「雪」だと、ふはふはとはるか遠くから記憶を呼び起こすイメージか。どちらでも「はるかなもの」にはふさはしいと思ふ。目に見える分、僕は雪の方が好きだが、見えない思ひの比喩としては霜がいいやうにも思へる。楸邨は季語については積極的に語つてゐないが、季語を大事にしてゐたことは窺へる。

ゆく雁や焦土が負へる日本の名

『起伏』
昭和24年

44

雁といふと石田波郷の「雁や残るものみな美しき」がすぐに浮かぶ。戦中、戦後の日本において、渡り鳥の存在は自由や希望の象徴だつたのだらう。波郷の句は召集令状を受けたときの茫然自失に近い心境だが、楸邨の句も哀しみが深い。敗戦で焦土と化した日本を雁が去つていく。こんなに荒れ果てた焦土が、俺たちの愛した国、日本なのか。どうすることもできない寂寥感がモノクロの焦土に漂つてゐる。

蟾蜍あるく糞量世にもたくましく

『山脈』
昭和23年

糞尿といふだけで眉を顰める人もゐるが、楸邨は糞尿を生命の活動として好んで詠んでゐた。ちなみに糞尿の神様がゐるのは日本だけらしい。排泄物にも紙ならぬ神が宿るといふのが、八百万の神らしくなんとも愉快ではないか。この句は「たくましく」が絶品。量がたくましいとは爽快な言ひ方だ。糞を垂れるのは元気に生きてゐる証だ。何を恥づかしがることがあらうか。ゆつたりと糞を引き摺り歩く蟾蜍が誇らしくてにつこりする。

喉ふかく羽抜鶏鳴くただ一度

『山脈』
昭和23年

「喉ふかく」鳴くとはどういふことだらう。深い位置から搾り出すやうにせりあがつてきた声なのか。それともじつとこらへにこらへた喉の奥に溜め込んだ声なのか。一般的には前者であらうが、「ただ一度」といふことを考へると後者の方が哀しみが深い。鶴田浩二は我慢するときに、奥歯に力をいれて、頬をひくつかせる演技をしてゐたが、この羽抜鶏にも同様の任俠味を感じる。ぐつと渋みの効いた鳴き声だつたことだらう。

月さして獣のごとく靴ならぶ

『山脈』
昭和25年

躍動感のある獣の比喩が面白い。靴は脱ぎ散らかされてゐるのではなく、いまにも獲物に飛びかからんとしてゐるのだ。月明りも薄暗い玄関にぴつたり。現代の小さな玄関ではなく、土間のやうな大きな玄関だらう。土の上に潜む獣＝靴が満月を浴びて目を覚ます。なかなかドラマチックなイメージである。ちなみに靴は心理学的には女性器の象徴だ。楸邨は嫌がるだらうが、満月の日に「女」が目覚めるといふところまで僕は読みたい。

落葉松はいつめざめても雪降りをり

『山脈』
昭和26年

かなり特殊な「は」だ。主題を示す「は」であるが、それに対する述語がない。「落葉松（といふもの）はいつめざめても雪の降つてゐる（中にあるものだ）」と読んでみたい。文頭に（私にとつては）とつけて、対比、強調の役割を「は」に加へてもよい。いづれにせよ、助詞に対する負荷のかけ方が尋常ではない。失敗を恐れないわがままな表現に圧倒されてしまふ。文法うんぬんではなく、この「は」はこの句だけに通用する、落葉松の全存在を浮き立たせる「は」だ。

しづかなる力満ちゆき螇蚸とぶ

『山脈』
昭和26年

教科書では蟆蚸に「ばつた」とルビがふられてゐるが、正しくは「はたはた」と読むらしい。さう発声してゐる本人の肉声テープが残つてゐるが、いままで見てきたやうに楸邨の作り方的に考へても、「はたはたとぶ」がしつくりくる。つまり楸邨にとつて字余りは、エネルギー。エネルギーの余剰がそのまま字余りとなつて噴出するのだ。「しづかなる力」と、ゆつくり、十分に溜め込んだ力なのだから、噴出しないわけがない。学校の先生たちはどうやつてこの句を解説したのだらう。

農夫の葬おのがつくりし菜の花過ぎ

『山脈』
昭和27年

自分が作つた畑を、自分の葬列が通つていく。楸邨にしては珍しく知的な構成を感じないわけでもないが、田舎では実際によくある風景なのだらう。実景となると、菜の花が渋い。わざわざ農家が「つくりし」と断つてゐるが、食用の茎や葉の緑ではなく、素直に明るい黄色い花を思ひ浮かべたい。そのまま献花のイメージだ。「過ぎ」るといふ淡淡とした表現も、朴訥な農夫を思ひ起させて哀しみが深い。

存在の頂点蟬の両眼木に点じ

『山脈』
昭和27年

句意は「木の高いところに蟬がとまつてゐる」程度のもの。誰にでも詠むことができる内容だ。ところがこの句がすごいのはこんな平凡な内容を無理やり一句にしたところである。「存在の頂点」といふ抽象的な書き出し、「存在」「頂点」「両眼」といつた音読みの力強い表記、句跨りによる骨太なリズム。どれも楸邨の独自の技巧を惜しげもなく用ゐてゐることに感嘆する。それも対象が蟬といふのがたまらない。どんな小動物に対しても、こんな大仰な見方をしてゐたのだと思ふとうれしくなつてくる。

原爆図

原爆図中口あくわれも口あく寒

『まぼろしの鹿』
昭和28年

リズムの圧倒的オリジナリティと、極限まで凝縮したシーンの切り取りが白眉。俳句を五七五だと思つてゐる人は、口に出して読むことすらできまい。この句は「原爆図中口あく（十二）・われも口あく（七）・寒（二）」と読む。中七を固定して、上五の情報量と、下五の簡潔さ。寒は完であり、完のあとには三文字以上の沈黙がある。口をあけるとは、世の中と繋がる叫びであり、食事を取る行為でもあり、人間の命の最小限の行為である。

選挙たけなは蝌蚪尾を持ちていつ泳ぐ

『まぼろしの鹿』
昭和28年

今も昔も選挙戦の熱気は独特である。当時も街宣車があつたかどうかは知らぬが、終盤になると候補者が「最後のお願ひ」に来たはずだ。まさに「たけなは」である。ところがかなしいかな、候補者と市民の間には温度差がある。あんなにしつこく大声で騒ぐなら、むしろ静かにしてゐる候補者に親近感が湧くこともあらう。作者もどちらかといへばひややかな目で、水の中の蝌蚪を見つめてゐる。お前も「尾」があるんだから泳いでみろよと。さしづめ「尾」は「政策」「信条」といつたところか。いつか消えていく「尾」に注目してゐるのが強烈な皮肉。

鉛筆を嘗めねば書けず汗の農夫

『まぼろしの鹿』
昭和28年

ウルトラCの「ひねり」である。〇〇すると××するといふ内容を××しなければ〇〇できないと強引に捻ぢ曲げてゐるのだ。掲句であれば、書くときはつい鉛筆を嘗めてしまふといふ内容を、嘗めなければ書けないと置き換へてゐることになる。「嘗めねば書けず」といはれると一気に愚鈍な男の姿が浮かんでこないだらうか。それも汗をかいてゐるといふ執拗さだ。たつた十七音で劇画を凌ぐ超濃厚な演出ができるのだ。屈折に屈折を重ねた文体の勝利。

塩田夫たる一代の日焼の脛

『まぼろしの鹿』
昭和28年

塩田夫は海水につかるゆゑ、つねに膝から下は露出してゐるのであらう。一日中太陽にさらされ、真つ黒に日焼けをした一本の足。何度も何度も日焼けを繰返し、本当に棒のやうにも見える。この足が浜辺を何往復もしながら塩を作り上げるのだ。一日の仕事を終へ、ふと己の脛を労はる塩田夫の姿を思ふと哀しみを禁じ得ない。「一代」も労働の過酷さと孤独を感じさせて効果的だ。塩田夫を詠みながら、すべての肉体労働に対する賛辞がある。

能勢朝次先生永逝

尾へ抜けて寒鯉の身をはしる力

『まぼろしの鹿』
昭和30年

一読は非常に動きのある句のやうにも見えるが、落ち着いた句だと思ふ。「しづかなる力満ちゆき蜈蚸とぶ」のやうに、楸邨は動かない力をとらへるのが実に巧い。掲句も寒鯉であるので、池の底でじつとして動かない鯉だ。では何が「抜けて」いくのか。背骨や、模様など具体的なものでもよいが、僕は鯉が身震ひしたときの「感覚」そのものが、抜けていつたと思ひたい。ぶるぶるつと身震ひしたときに、何かが足元へ抜けていくやうな感じを体感したことがある人もゐるはずだ。追悼句であることを思へば尚更だ。

春休みの運動場を鶺があるく

『まぼろしの鹿』
昭和32年

　あまりにも平凡な句だ。楸邨の百句を選ぶとしたら、誰もが真つ先に落とすだらう。でもこの暴力的なまでに牧歌的な風景も想像してみるとなんとも愉快だ。春休みの誰もゐない運動場を、とぼけた顔をして鵜がぽつんと歩いてゐる。鮎漁を控へたしばしの休息かも知れない。レースをするわけでもないのに、なんとなくコースに沿つて歩いてゐるやうで微笑ましい。「鵜があるく」というシンプルな描写が、却つて鑑賞を自由にさせてくれるのだらう。読者がそれぞれの鵜を遊ばせてやればいい。

鶯崎まで

牛に煮る古馬鈴薯は人も食ふ

『まぼろしの鹿』
昭和32年

淡淡と描いてあるので、怒つてゐるのか、嘆いてゐるのか感情がわかりづらい。これを生真面目さと呼んでいいのかどうか。楸邨が生きてゐたら付き合ひづらい人だつたのだらうなあ。とそれは冗談として、じつくり読むとなかなか技巧的な句である。特に助詞の使ひ方は独特だと思ふ。この「に」「は」「も」はすべてに癖があつて、穴埋め問題にしたらきちんと正解できる人は少数だらう。中でも他との区別を表す「は」は覚えておきたい。新馬鈴薯だつたら、人しか食べないといふ含みを持つ「は」だ。

野良の挨拶唐黍の穂に日笠のせ

『まぼろしの鹿』
昭和32年

野良の挨拶は、野良仕事の最中の挨拶のこと。都内で見るやうな会釈だけの淡白な挨拶だけではなく、農作物の出来や、本人の近況などついつい話し込むやうな親しげな挨拶である。遠くから「おーい」と呼びながら近づいてくる相手に日笠を脱いで答へる農夫。ちやうど休憩の時間も近づいてきてゐる。「お茶でもどうだ」なんて言ひながら、持つてゐた日笠をそのへんの唐黍にかけて、涼しい日陰に二人して歩いていく。忙しいのは、今も昔も変はらないが、忙しさの質が違ふのだらう。懐かしい日本の風景。

鶏の一歩が蟻の五百歩パン屑まで

『まぼろしの鹿』
昭和33年

今井聖の「街」では、いい失敗作の例としてこの句がよく挙げられるが、僕はむしろ成功作として愛唱してゐる。ここまでどうでもいいことをよくぞ発見したと思ふ。鶏と蟻の歩幅を比べるのも変だが、丁寧に歩数まで数へたところがさらにをかしい。パン屑を出してくる丁寧さに至つては狂気である。狂気とはナンセンスだ。俳句に笑ひが赦されるとすれば、ナンセンスなものであつて欲しい。この句はリアリティの句ではなく、ナンセンスの句だ。とは言へリアリズムの延長にナンセンスがあるといふのが僕の持論。

雪がそそいで老牛の皮膚睡られず

『まぼろしの鹿』
昭和34年

まどろんでゐる老牛にちらちらと雪がふりそそぐ。牛の体温で、雪はすぐに溶け、また新しい雪がやつてくる。雪に見えるのは立ちのぼつてゐる湯気かも知れない。しんしんとした夜に牛の体温だけが浮かび上がるやうだ。それにしても皮膚が睡れないとは大胆な表現である。自身の皮膚感覚を対象に投影しないとできない表現だらう。むずむずといふか、そはそはといふか、皮膚に違和感があつて睡れない体験をしたことがある人も多いと思ふが、そんな体験がこの句の下地になつてゐるに違ひない。

恋猫の皿舐めてすぐ鳴きにゆく

『まぼろしの鹿』
昭和34年

動物の生理の一途さ、必死さを、該当のシーンを描かず提示した切れ味のするどさ。皿はもちろん餌の皿で、普段の生活の象徴でもある。つまり皿を舐めてゐるときは日常で、皿を離れたら、そこはもう戦場のやうなものなのだ。恋猫をこんなに冷静にとらへた句は皆無であらう。感情の表出やヒューマニズムばかりが注目されがちな楸邨だが、ベースは描写力にあるとつくづく思ふ。あへてヒューマンな見方をするとすれば「すぐ」に込めた驚きに、応援の眼差しが感じられなくもないが。

無数蟻ゆく一つぐらゐは遁走せよ

『まぼろしの鹿』
昭和35年

命令形で終はる珍しい一句。それも「遁走」するといふ厭世的な動詞なので、尚更に目を引かれてしまふ。戦後間もない当時では、今以上に遁走はきつい言葉であつたに違ひない。句意は明瞭。ルールに従つて生きる蟻たちに対して、一匹ぐらゐは逃げ出せよと激励してゐるのである。蟻は兵隊や、サラリーマンのことだらうが、「一つ」と言つてゐるので、何かたまには変はつたことをやらうぜと行為や行動を示してゐるのかもしれない。いづれにせよこれこそ元祖アウトロー俳句である。

時計見て看護婦踊より脱けゆく

『まぼろしの鹿』
昭和35年

踊といふ古風な季語に対して、時計を見る看護婦といふモチーフの新しさ。意識的に組み合はせたのではないが、祭に対する古い固定概念にとらはれてゐては、気がつかなかつた景色であらう。素直に実景を詠み込むことによつて、労働の実態や、看護婦の性格など、現代がそこにきちんと反映されるのだ。かういふ句を見ると、俳句もまだまだ捨てたものではないと安心する。季語をいつまでも歳時記の中に閉ぢ込めておいてはいけない。いま、ここに生きてゐる人間をきちんと観察してゐれば、俳句はどんどん更新されていくのである。

七月一日第一回手術

骨切る日青の進行木々に満ち

『まぼろしの鹿』
昭和36年

65

結核の治療のため、胸郭成形手術を受けたときの句。担当医のスケジュールが合はず、予定より数日遅れてゐたやうだ。手術に対する不安を紛らはせるために、窓の外の青葉に思ひを寄せてゐたのだらう。「青の進行木々に満ち」の漢語的な表現が、痩せ我慢にも見えると言つたら本人は怒るだらうか。つらい苦しいときになればなるほど、表現が強くなるのも楸邨の特徴の一つ。明治の男はみなこんな気概を持つてゐたに違ひない。青を葉ではなく新鮮な空気と思へば、肺に新しい空気が満ちていく未来を夢想してゐたのかも。

葱切つて潑剌たる香悪の中

『まぼろしの鹿』
昭和37年

葱の独特な香りはさまざまに形容されるが、「潑剌」としたのには驚いた。葱の匂ひを積極的に嗅ぎたい人は少ないであらうし、葱の匂ひの香水なんてもちろん聞いたことはない。ただ、そんな匂ひも悪の中にあっては、救ひのごとく香ることもあるのだ。悪の中とは、なんとも大胆な省略だが、悪のはびこる世の中といふことだらう。まさか葱が風邪に効くからと言つて、悪が風邪のウイルスだといふことではあるまい。ちよつとつんとした匂ひが、世の中に一撃を加へてゐるやうで楽しい。切るも爽快だ。

北といふ語の不安と魅力雪雲押す

『まぼろしの鹿』
昭和37年

すごい！　下手だ（笑）。なんだよ、不安と魅力って。こんな雑な把握があるか。え、でも待てよ。「雪雲押す」か。とすると雪雲は不安と魅力が動かしてるのかも。さういへば雪つて降り始めは嬉しいもんなあ。でもあんまり積もると……。あつ、不安だ。魅力だよなあ。あれあれ、なんだか言つてることがよくわかつて来ちやつたぞ。「北といふ語の不安と魅力雪雲押す」だよなあ。えー、いい句ぢやん！　なんてことを頭の中で思つてしまつたので残すことにしました。ちやんちやん。

地虫出て目をこするさま人の子なら

『まぼろしの鹿』
昭和37年

かはいい、かはいい。たしかに虫が手（足？）を貌の前でモゾモゾ動かしてゐるところを見たことがあるぞ。あれは人だつたら、目をこすつてゐる仕草だ。人の動きを虫にたとへることはよくあるので、虫が人の動きをしてゐても何らをかしなことはない。先入観を取り払つた素晴らしい発見だと思ふ。「人の子の目をこするさま」とせず、最後に「人の子なら」とつけたところも流石。「俺はかう思つたんだぞ」と駄目押しして来る文体が「らしさ」全開だ。

汗の多弁やたつた一語を救はんため

『まぼろしの鹿』
昭和37年

説明臭い句であるが、このクドさが僕にはたまらない。汗をかく男が蛭子能収の漫画のキャラのやうである。言ひ間違へを必死に弁解してゐるのであらう、「そんなつもりはなかつた」と言ふが、心のどこかにそんなつもりがあるからそんな一語を言つてしまふのだ。弁明すればするほど泥沼にはまつていく。「汗の多弁」の必死さが、「救」の字にも現れてゐる。うん、やつぱりクドいなあ。尻尾までしつかり餡子が入つた鯛焼きのやうに上から下まで、ぎつしり「必死」がつまつた一句である。

とび終りたる蟷螂が鶏の前

『まぼろしの鹿』
昭和37年

蟷螂が飛ぶのは、何か緊急の用件があつた時である。通常の移動ではわざわざ飛ぶことはないはずだ。この蟷螂も何かかから逃げて来たに違ひない。摑まつた人の手から飛び降りたのかも知れない。いづれにせよ窮地を脱して、ほつと翅を畳んでゐるところだ。だが安堵したのは束の間、目の前には鶏がゐるではないか。鶏が蟷螂を襲ふかどうかはわからないが、平穏な場面ではないことは確かだ。「前」といふ終はり方も緊張感を増幅させてゐて見事。

安藤一郎氏の詩集『遠い旅』読後

湾の底より釣られ冬魚の大きな息

『まぼろしの鹿』
昭和37年

こんな感想を貰へたら一生忘れることはないだらう。素晴らしい祝句だと思ふ。「湾の底」の広さ、深さはそのまま詩の世界。そこから釣り上げられたのは、グロテスクながら生命力に満ち溢れた冬魚だ。大きな息なので、口の大きな鮟鱇を思ひ浮かべたい。息は作者からのメッセージでもあるし、読み終へた読者の感嘆のため息でもある。『遠い旅』を読んだことはないが、スケールの大きな詩集であることは間違ひなささうだ。

寒卵どの曲線もかへりくる

『まぼろしの鹿』
昭和38年

始まりも終はりもない曲線の無限ループ。寒卵といふ生命をぐるぐる廻る曲線は、魂の輪廻の縮図だ。一語も無駄のない句姿は、寒卵を凝視に凝視し抜いた傑作だと思ふ。

真の写生といふものは、一瞬を捉へつつも、そこから永遠に広がつていく強度を持ち得る。永遠を知らない僕らが、永遠に近づくには、瞬間、瞬間を大切にしていく他はない。最初から永遠を詠むことは誰にも出来ないだらう。

田川飛旅子著『加藤楸邨』とどき

書裡の楸邨生の楸邨と雪夜逢ふ

『まぼろしの鹿』
昭和38年

自分が書かれてゐる本が届いたときの嬉しさと恥づかしさが素直に表されてゐる。照れとでも言へばよいか。こんなお茶目な楸邨は珍しい。本に書かれてゐるのも確かに私ですが、当人の私はここにゐますよ。自分で自分に逢ふ不思議さも、自分も知らない自分に出会ふトキメキも伝はるし、とにかく微笑ましい句だと思ふ。本を目の前に、喜んでゐる楸邨の姿が浮かんでくる。雪夜は雪のロマンチシズムよりも、冷え冷えとした厳しい夜だと思つて読みたい。喜びを押し殺してゐる雰囲気が出る。

ひとつひとつの栗の完結同じからず

『まぼろしの鹿』
昭和41年

74

概念を表す硬い音読みの単語を頻出させるのも楸邨の特徴。心理的な混沌が直截過ぎて（前述の「北といふ語の不安と魅力雪雲押す」の不安と魅力などはもつともたるもの）あまり評価されてはゐないが、見逃してはならない傾向であると思ふ。それにしても栗の完結とは何だらうか。まさか食べるときの剝き終はりではないと思ふが、毬栗の落ちて割れてゐる姿としても、それを完結と言つていいのかわからない。ただ「完結」の厳しい響きが、毬栗の形状の厳しさと共鳴する。

150 — 151

子安神

霧にひらいてものの はじめの穴ひとつ

『吹越』
昭和42年

女陰である。女陰を「もののはじめの穴」と表する愚直さ、真摯さ、命に対する畏怖など、これぞ生命の賛歌であらう。霧に「ひらいて」の普く思ひにも涙が溢れる。すべては女陰から始まるのだ。「ひとつ」が尊い。かうした女陰への態度は金子兜太にも受け継がれてゐる。僕が好んで詠む女陰の俗っぽさはどこにもない。反省しなくては。「華麗な墓原女陰あらわに村眠り　兜太」。

負け独楽のつきささりたる深雪かな

『吹越』
昭和44年

僕が子供のころはまだ独楽で遊ぶことがあつた。縄を湿らせて固く巻いたり、独楽の芯に釘を打つたり、それぞれが趣向を凝らした真剣勝負。独楽の強さが、そのまま子供社会の階級を決めるほどでもあつた。この句も負けて悔しがつてゐる様がよくわかる。勝ち負けで独楽の取り合ひもしたので、この子も負けて独楽を投げ捨てたのだらう。回すのではなく、相手に投げつけたから「つきささ」つたのだ。

深雪も丁寧。ただの雪では、つきささる感じがでない。かういふ細かい配慮は見習ひたい。

まだ誰の声にも触れず初硯

『吹越』
昭和46年

晩年の楸邨は安東次男の影響で、骨董に興味を持つてゐたらしい。この硯もいかにも大事さうで、この頃から骨董への興味はあつたのだらう。年が明けて初めて取り出すぴかぴかの硯。黒黒としたその耀きは新年を言祝ぐのにはふさはしい。じつと沈黙を湛へてゐる硯海は、まるで言葉を待つてゐるやうにも見える。筆ではなく、声としたところに硯への愛と、緊張感がある。書き直せない書道ならではの緊張感にも思ひが至る。

歯に咬んで薔薇のはなびらうまからず

『吹越』
昭和46年

なんでこんなことを句にしたのだらう。食糧難で困り果て薔薇の花びらを口に含んだのだらうか。一読、妙なものを食はされて怒つてゐるやうにも見える。しかし、よく読むと、「咬んで」なので、おつかなびつくりながらも、興味を持つて口に含んでゐることがわかる。つまり、蝶や虻などが美味さうに花びらに集まつてゐるのを見て、自分も味はつてみたいと思つたのだらう。なんでも試してみる好奇心に共感する。それにしても「うまからず」なんて多少は期待してたのだらうなあ。

のんのんと馬が魔羅振る霧の中

『吹越』
昭和46年

女陰だらうが、魔羅だらうが、俗な興味ではなく、きちんと観察するのが楸邨流。この句もユーモラスではあるが、下品な感じはほとんどない。「のんのん」が実にいい。ぶら下がつた馬のイチモツの長さ、重さもよくわかるし、リラックスしてゐる馬の気持もよくわかる。季感は春の麗かな陽気のもとでもピッタリ合ひさうだが、「霧」も絶妙。霧で視界が悪いからこそ、馬の股間にぶらさがる物体の存在感が増してくる。

笑顔みな使ひはたしぬこれから河豚

『吹越』
昭和46年

忘年会や新年会の景色だらう。気のおけない仲間と、ああだかうだと語り合ひ、宴も酣となつたところでメインディッシュの河豚鍋が運ばれてくる。資格を持つた料理人とはいへ、河豚の毒は怖い。誰かがふざけて「あたつたりして」などと言へば、俄かにそんな気分にならないでもない。笑顔を使ひはたすとは大袈裟な表現だが、どんな席でも急に静かになる場面がある。フランスでは「天使が通る」と言ふさうだが、この河豚は天使だつたのかも知れない。さんざん笑ひ合つたあとのシメの河豚と読むのが普通だらうけど。

くすぐつたいぞ円空仏に子猫の手

『吹越』
昭和47年

円空の仏像は微笑を湛へたやさしい表情が特徴。そんな円空仏とじやれてゐる子猫の様子を、円空仏になつたつもりで観察してゐる。「痛い」「あぶない」ではなく「くすぐつたい」が円空仏の台詞としてぴつたりである。「ぞ」といふ軽い呼びかけも、怒るのではなく、教へ諭す気持が出てゐて慈しみが深い。

個人的な話で恐縮だが、僕は「円空仏の手に子猫」だと間違へて覚えてゐた。よく考へればそんな大きな仏像の手に子猫が乗つてゐるのは不自然。お釈迦様のイメージに引つ張られてゐたのだらう。

目覚めきて蟇よまぐはふほかはなし

『吹越』
昭和48年

言はれてみれば動物や昆虫の一生などは、子孫を残すがための行動がメインである。長い長い地中での生活を終へ、やつと地上に出てきた蟬がすることといへば、ただ交尾の相手を求め鳴き続けるだけである。たつた一週間の命を繁殖のためだけに終へるのだ。

啓蟄を迎へて「おやおや、早速交尾かい」と、蟇をからかふやうなユーモラスな句としても解釈できるが、下五の「ほかはなし」の切実さが、冒頭のやうな感想を生むのである。グロテスクながら愛らしい蟇の存在感も句を重層的なものにしてゐる。

おぼろ夜のかたまりとしてものおもふ

『吹越』
昭和48年

楸邨には、自らの内からの人間的要請が作句の根本にあつた。人間的要請とは簡単に言へばどう生きるかと問ふことだ。この句は、そんな楸邨の作句態度がそのまま句になつてゐると思つてもよいだらう。自らの内へ内へ思ひを求めていく窮極には、ただの物体、かたまりになつた思念だけが残る。おぼろ夜のぼんやりとした淡い淡い空気の中で、輪郭はわからずともそこに存在する確かな意思、思ひ。思ふことが私を私ならしめてくれるといふこと。

すいつちよやひき入れひき入れつつ溢れ

『吹越』
昭和48年

すいつちよはウマオイのこと。すいつちよん、すいつちよんと鳴く。単純に解釈すれば「すいー」はひき入れる音、「ちよん」が溢れるといふことにならうか。それでもこの句がすごいのは「溢れ」にある。ひき入れる感覚は、「すい」を「吸ひ」だと思へばわかりやすいが、溢れるは言へさうで言へないのではないか。音だけではなく、翅の動きを凝視した結果かも知れない。「ひき入れ」のリフレインは、あちこちで鳴き声がする虫の闇を感じさせ効果的。

腹の底に入りし鮟鱇髭ふりぬ

『吹越』
昭和48年

満腹感を軽妙に表現したユーモラスな句である。鮟鱇は捨てるところがないと言はれてゐる魚だ。鍋を頼んでみても、どこの部位だかわからない部位が切り分けられて出て来る。ごつごつした部位や髭のやうな部位。丸丸食べつくした、作者のお腹の中には、一匹分の鮟鱇の部位が収まつてゐることだらう。お腹の中でばらばらだつた部位が、一匹の鮟鱇の形に戻つて、髭を振つてゐるのである。腹の「底」といふのも深海魚の鮟鱇の生態を表してゐるやうで妙に納得する。

バビロンの廃墟にて

バビロンに生きて糞ころがしは押す

『吹越』
昭和50年

バビロンはメソポタミア地方の古代都市。そこではフンコロガシは神の化身として崇められてゐる。鑑賞の際もどうしてもこのことを念頭に置きたくなるが、大事なのは、目の前の糞に奮闘するフンコロガシのリアリティである。普段から糞尿などを避けて作句する作家には、冒頭の説話が必要となるだらうが、楸邨にはフンコロガシの説話は不要だ。のつぴきならぬ「押す」の語にこの句の魅力が詰まってゐる。

生や死や有や無や蟬が充満す

『吹越』
昭和50年

八月、暑さの盛りに蟬があちこちで鳴いてゐる。充満といふのだから、耳をふさぎたくなるやうな量だ。油蟬だけではなく、ミンミン蟬や法師蟬も混ざつてゐる。この雑多な音が、まさに生であり、死であり、有であり、無である。

生と死が混在する代表はやはり戦争であらう。この句は七十年代半ばごろの作だが、三十年経つても戦争の記憶は消えることはないのだ。敗戦のあの日から蟬が鳴きやむことはない。冒頭、八月としたのはこのことが念頭にある。

顔の汗大きてのひらに一掃す

『怒濤』
昭和51年

「一掃」の爽快感がたまらない。一掃にはすつかり取り除くこと以上に、「好ましくないもの」を払ひのける含みがある。夏の暑さの中、顔を滴り落ちる汗。そのまま流れてしまへばまだよいが、目や口に入りさうなときのストレスは相当なものだ。そんなストレスの源である汗を、我慢に我慢を重ねた大きな手が、一撃でぴしつと払ひのけるのだ。肉体労働の一コマかも知れない。汗を拭く暇もない労働者が、たまりかねて汗をぬぐつた瞬間に自分を重ねてゐる。

梨ありがたしころころころがすこともひとつ

『怒濤』
昭和52年

最近の若い女性は、なんにでも「かはいい」と形容する。楸邨が聞いたら苦虫を嚙み潰したやうな表情をしたことだらう。でもこの句、「かはいい」のである。現代の女子高生が使ふ「かはいい」と同じ意味での正真正銘の「かはいい」だ。梨が好きな大きな大人が、嬉しすぎて梨を転がして遊んでゐる。きつと自分で梨を剝いたこともないやうな無邪気で不器用な男だ。妻が帰つて来るのが待ちきれないのだらう。「ころころ」なんて俗な擬態語も「かはいさ」を狙つてゐるやうで、楸邨の句と思ふと微笑ましい。

猫が子を咥へてあるく豪雨かな

『怒濤』
昭和55年

人間なら傘もさせるし、抱き抱へることもできるが、四肢で歩く猫には口で咥へるしかない。極めてわかりやすいヒューマンなドラマである。ただの雨ではなく、豪雨といふのも演出過剰だ。でも僕はどうしてもこの句に惹かれてしまふ。それは「あるく」の凄さにある。「あるく」は「いきる」であり、孤独に前を向き続ける強さだ。この句のテーマは親子の愛情ではなく、生き抜く親猫の強さだ。仔猫は、生きる上でのしがらみの喩でしかないと言つたら意地悪過ぎる見方だらうか。

おぼろにてわれ欺すならかかる夜ぞ

『怒濤』
昭和56年

「欺す／欺される」などの直情的な感覚も楸邨は避けずに詠んでゐる。戦争による国からの裏切り、理解者だと思つてゐた中村草田男からの戦争責任の追及（この時は「Thou too Brutus! 今も冬虹消えやすく」といふ悲痛なる句を残してゐる）など、楸邨の心には常に疑念が残つてゐたやうだ。そしてこの心の傷こそ句作の出発点だつた。ところが、この頃には少し心が落ち着いてきてゐるやうにも見える。言葉は激しいが、朧のせゐにして騙されたふりをしてやるといふ余裕がある。

牡丹の奥に怒濤怒濤の奥に牡丹

『怒濤』
昭和58年

「火の奥に牡丹崩るるさまを見つ」の牡丹と、「隠岐やいま木の芽をかこむ怒濤かな」の怒濤の組み合はせ。前句は、空襲で家が焼かれたときの句であり、後句は、後鳥羽院に惹かれ、隠岐島を訪れたときの句だ。両句ともに楸邨のターニングポイントともいつていい句で、この句を作るときにも当然意識をしてゐたはずである。重層的に牡丹と怒濤がフラッシュバックする。

牡丹と怒濤が無限に続く鏡合はせ構造になつてゐる点にも注目したい。

初日粛然今も男根りうりうか

「印象に残る賀状を」と問はれたので、二十年あまり前の金子兜太の「男根隆々たり」といふのを挙げた。これに和して

『怒濤』
昭和59年

男の師弟だなあとほつこりする。ジェンダーの問題がうるさい時代になつてしまつたが、いつだつて「男」といふものはこのやうに馬鹿らしくて微笑ましいものであつて欲しい。男も女も（？）結局は男根なのだ。正月から元気な息子を報告する兜太も天晴れだが、それを意気に感じる楸邨も天晴れだ。ＢＬのやうな複雑な絡みはないが、この清清しさを大いに喜びたい。「初日粛然」もいいなあ。弟子の茶目つ気に一歩も引かない「ウケ」にワクワクが止まらない。

天の川わたるお多福豆一列

『怒濤』
昭和59年

「わたる」の解釈が難しいが、天の川が翔けわたるの「わたる」だと読みたい。つまり、お多福豆が、川をわたつてゐるのではなく、星空をかけわたる天の川が、お多福豆の列のやうだといつてゐるのである。甘く煮たお多福豆の色は夜空にかすかに見える星のやうであるし、実景を詠んだ句だと思へば納得がいく。天の川の説話にひつぱられて、豆が川をわたつてゐると思ふからわからなくなるのだ。まさか偶然だらうけど、そら豆だから「そら＝宇宙」だつたりして。

視野の端に蝶をり論理まとまらず

『怒濤』
昭和61年

蝶といへば俳句の花形であるのに、これほどないがしろにされてゐる蝶は珍しい。むしろ集中したいときは、視界に入つてきて邪魔だとさへ思つてゐるやうだ。フンコロガシにはあれほどの愛を注ぐのに、蝶に対しては厳しい態度を見せるのが嬉しい。風光明媚なものばかり愛でていては詩にならないのだ。とはいへ、この句の未完成ぶりはいかがなものか。文体も散文的で、なにより「論理まとまらず」が生つぽ過ぎる。蝶をノケモノにしたことだけがこの句の手柄である、と言つたら厳し過ぎるか。

水馬流れ終りのなかりけり

『怒濤』
昭和61年

水馬は、池や水溜りに生息する。川にゐることもなくはないだらうが、基本的には流れのないところにゐるはずである。つまり、この水馬は受動的に流れてゐるのではなく、能動的に流れてゐるのだ。力みなく涼し気に動いてゐるのを流れてゐると形容してゐるのであらう。同じやうな水の動きがあるので、使ひづらい表現だと思ふが大胆かつ繊細な使ひ方である。

流れ終はらないとは動き続けるといふことだが、流れ終りといふ言葉の中には無常観がある。「流れ」の一語をめぐつてさまざまな思ひが交錯する。

百代の過客しんがりに猫の子も

『雪起し』
昭和54年

97

百代の過客は『奥の細道』の冒頭「月日は百代の過客にして、行きかふ年もまた旅人なり」による。永遠の旅人の末尾に猫の子がゐますよといふ句意だが、大事なのは「も」だ。つまり、この句の眼目は猫の子のかはいらしさではなく、芭蕉の末席に、猫の子ほどの私が、置かせていただいてをりますといふ、謙遜と矜持の句なのである。しんがりといふと干支の競争も思ひ浮かべるし、一読ユーモラスな作りだが、そこに秘めた覚悟のほどが思はれる。

196 — 197

楤の芽の天麩羅来年まで食へず

『雪起し』
昭和54年

何とも大袈裟な嘆きだが、確かに旬の珍味をいただけるのは年に一度くらゐかも知れない。こんなに喜んでもらへれば、料理人も嬉しいだらう。「楤の芽」の選択も絶妙だと思ふ。天麩羅を注文したときに、山菜の天麩羅だとしても楤の芽はせいぜい二つか三つ。口いつぱいに広がる苦みは少量でこそありがたみが増すといふものだ。年に一度の旨みを味はつてゐるとともに、春を迎へた今日といふ日を味はつてゐるのである。

蘭の香がつなぐ手術の前と後

『望岳』昭和61年

手術は全身麻酔だつたのだらう。手術の長さと関係なく、麻酔から覚めたときはあつといふ間に手術が終はつてゐる。もしかすると手術を受けたこともあまり覚えてはゐないかも知れない。病室に戻るとそこには蘭のひそやかな香りが流れてゐる。手術前の不安の中で嗅いでゐたあの香り、ああ確かにここは僕のゐた病室だ。五感の中で嗅覚はもつとも記憶に残りやすい感覚だと言はれてゐる。麻酔後の虚ろな感覚を、蘭の香が現実に呼び戻してくれたやうだ。「つなぐ」が絶妙。

ないものねだり

押す糞が消えて糞ころがしつまづく

『鸛（こふ）と煙突』
昭和55年刊行

何の因果か糞を転がし続けるフンコロガシ。好きで押してゐるわけでもないのに（本当は食事のためですが）、糞がなくなるとつまづいてしまふ。まるで仕事や肩書きがなくなると、突然何もやることがなくなつてしまふ退職後の中年を見てゐるやうだ。フンコロガシの悲哀もサラリーマンの悲哀も変はりがない。「ないものねだり」といふ前書きも強烈だ。我我にとつて本当に必要なものは何なのだらう。糞をただの排泄物だと思はず、糞の本質について考へることに俳句の意味がある。締めの一句にふさはしい。

難解だとは言ふけれど

楸邨の句は難解だと言はれることが多い。

僕は初学の頃から「寒雷」系の先輩方の話を聞いて育つたおかげもあり、楸邨の句がわかりづらいと思つたことがほとんどない。今回、解説を書くにあたり、その思ひがますます強くなつてゐる。わざと恣意的な解説を付した句もあるが、句の内容については、さほど外れてはゐないはずだ。

難解さとは句意のわかりづらさではない。いはゆる俳句的情緒、俳句的手法からの距離感が難解だと呼ばれてしまふ。

具体的にどこが「難解」なのか見ていかう。第一に楸邨は観念的であると非難されることがある。観念が子規からの写生に対する理念だと思はれてゐるからだ。

しづかなる力満ちゆき蜈蚣とぶ
口といふものあるとき鯉をはなれけり
おぼろ夜のかたまりとしてものおもふ

有名な一句目も「しづかなる力」は見えないものであるが、これをわからない人がゐるだらうか。人間だつて座つてゐるだけで疲れることがあるではないか。じつと動かなくても、しづかな力が消費されてゐるのである。

二句目は「といふもの」とわざわざ概念の句であると断つてゐるが、池で餌を奪ひ合ふ鯉の数多の口が容易に想像できるであらう（この句に関しては、「口について　七句」といふ前書きのついた一連の中の一句であることも付け加へておく）。両句ともに主観的な見方ではあるが、蜈蚣の姿や鯉の口を凝視することが起点になつてゐるのがわかるはずだ。つまり写生と同じ「モノ」のリアリティに重きを置いてゐるのである。

「おぼろ夜のかたまり」は表現としては抽象的だが、自分本人であると思へば、写生の領域をはみ出してゐないのがわかる。

一度整理しておくと【観念的】とは、「具体的事実に基づかずに頭の中で組み立てられただけで、現実に即していないさま」（『大辞泉』）の意味だ。【観念】は「物事に対してもつ考え」（同）。まとめると観念とは考へることで、観念的とは考へだけが先行してしまふ状態と言へようか。モノを見て考へることは写生も同じなので、さういふ意味では写生も観念の一種なのである。観念と観念的であることを混同するから楸邨の句がわかりづらいと思はれてしまふのだ。

葱切つて潑剌たる香悪の中
生や死や有や無や蟬が充満す

一句目は一読わかりづらいが、世の中や人の心を悪ととらへただけのことで、この句にも具体的事実がないわけではない。たしかに具体的事実のとらへ方が、主観的で独特なので、これを難解と呼ぶことには真つ向から反対はできないが、観念的であるといふ批判は間違つてゐる。二句目の生や死も戦争を乗り越えてきた身にはリアリティがあるだらうし、有や無も、希望、日銭、そして蟬の声など、身の回りのすべてのものに対しての思ひである。

霧にひらいてもののはじめの穴ひとつ

楸邨の観念で一番好きな句は文句なくこの句だ。女陰をもののはじめの穴ととらへる凄さはいつ読んでも感嘆の声を上げてしまふ。何度も言ふが、観念のオリジナリティと観念的であることは違ふのだ。

百 代 の 過 客 し ん が り に 猫 の 子 も

もつとも晩年になるとこんなとぼけた句も増えてくるが、百代の過客は『奥の細道』であるし、猫の子もわが境涯を考へるところに契機があるのだらう。

十 二 月 八 日 の 霜 の 屋 根 幾 万

一方でこんな「モノ」だけの俳句もある。こちらの句の方がよほど解釈が「難解」だと思ふがどうだらうか。観念は作者に即して考へればさほど難解なものがないといふのが僕の持論だ。俳句の解釈はできる限り作者に寄り添ふべきだと思ふ。冒頭にわざと恣意的にしたと断つた文があるが、これは師匠筋である楸邨に甘えたもので、僕なりの寄り添ひ方でもある。

さて、観念ではあるが、観念的ではないことに触れたので、次は文体の「距離感」を考へてみたい。あへて楸邨の文体の「難解さ」を述べるとすれば「省略」と「捩れ」であらうか。「省略」はもつとも俳句的な要素であるが、その大胆さが忌避されるのであらう。

鰯雲人に告ぐべきことならず
蟇誰かものいへ声かぎり
金蠅のごとくに生きて何を言ふ

たまたま「言ふ」三句が並んでしまつたが、これらはすべて、誰が誰に何を言つたかが省略されてゐる。ところが主体の省略は俳句の常である。一人称を補つてみると、人に告げてはならないと誓つてゐるのは作者であるし、蟇の句は私に向つて声を上げてくれと言つてゐるのであり、金蠅のごとくに生きてゐるのは作者なのである。自分と相手を同時に省略するので、一読混乱してしまふが、冷静にどちらかを作者とすることで内容がはつきりしてくるはずだ。三句目は金蠅のごとき奴が私に向つて何を言ふのだといふ読みもできるが、自分を金蠅のごときものだと思つた方が楸邨らしい。後に捩れの部分で説明するが、被害者と加害者が入れ替はるのが楸邨のヒューマニズムの根幹にある。

次は場面の省略である。

明け易き欅にしるす生死かな

はげしかりし君が生涯とかの日の鴟

一句目は空襲を逃れた朝の句。たしかに背景がわかつてゐた方が句の読みも深くなるが、生死をしるすとあるので厳しい場面であることはわかるだらう。欅もリアルで、想像で作つた句ではないことがわかる。楸邨にとつては九死に一生を得たことが大事で、その理由は重要ではないのだ。二句目に至っては、君とかの日が読者には何のことだかさつぱりわからない。「激しい思ひ出が俺にはあるんだよ」まるで飲み屋の親父の話だ。難解といふよりもとより理解を求めてゐないワガママな句だ。僕は好きだけど。

ちなみに本書には作品の成立年代を最小限だけ付すことにした。背景にこだはらず一句独立の立場を尊重したいと思ふ。背景の省略がうまくいくとこんな句ができる。

顔の汗大きてのひらに一掃す

汗を拭いてゐるだけのシーンだが、大きな掌や、一掃の力強さから、労働賛歌だとわかる。背景に労働の現場が見えるだらう。まさか性交のあとの汗を拭いた句だとは誰も思ふまい。

前後を省略した佳句もある。

汗の子のつひに詫びざりし眉太く
炎昼いま東京中の一時うつ
とび終りたる蟷螂が鶏の前

汗の子は根負けした親の顔が浮かぶし、炎昼は、一瞬の静寂を詠みつつ前後の賑はひが聴こえてくる。三句目は、ほつとしたのも束の間、蟷螂を襲ふ次の惨劇が見えてくるやうで緊張感がたまらない。瞬間が場面になり、物語になつていく過程がよくわかる。そして物語がまた瞬間に還つていく。場面の省略においては、この円環を作者だけがわかつてゐるときにエラーが起こり得る。

落葉松はいつめざめても雪降りをり

述語を省略するケースもある。この句の「は」はかの「象は鼻がながい」の主題説や、落葉松にはの「に」の省略ともとれないことはないが、「落葉松といふものはいつ起きてゐるときにみても雪に降られて（ゐるものですよ）」といふ「ゐるものだ」が省略されてゐるととるのが普通だらう。この強引な助詞の使ひ方は楸邨の特徴の一つであるが、文法的な話になるので省略する。むしろ文体のレベルでみれば、助詞の使ひ方に省略よりも「捩れ」の要素が強い。

文法の話をしないと言ひつつ文法の話になるが、英語の受け身形の授業を思ひ出して欲しい。「私は林檎を食べた」といふ文を「林檎は私に食べられた」に直すテストがあつたことと思ふ。

文法からみればただの主述の逆転であるが、文体からみれば、これを捩れと仮定したい。「林檎を食べた」と「林檎は食べられた」を等価としない、故意の逆転である。

鮟鱇の骨まで凍ててぶちきらる
外套の襟立てて世に容れられず

鮟鱇の句は、「ぶちきる」といふ強い言葉を受け身にしたところに故意の逆転＝捩れが見られる。外套の句は、襟を立てたのは自分の意志であるので、世に容らないといふのが普通のつながり。簡易な表現なので見逃しがちだが、ここにも確かな捩れがある。

主述だけでなく因果関係の捩れもある。

　鉛 筆 を 嘗 め ね ば 書 け ず 汗 の 農 夫
　バビロンに生きて糞ころがしは押す

一句目は書くときに鉛筆を嘗めるのではなく、鉛筆を嘗めるから書くといふ。強烈な捩れである。糞ころがしは生きてるから糞を押すのだ。転がすから生きてゐるのではない。あれ？　捩れてないか。どちらにせよ因果関係が微妙なところに目を引かれる。

　狐を見てゐていつか狐に見られをり

そして究極が対象との逆転だ。対象と逆転することで、対象と一体化していく。まるで斎藤茂吉の「実相観入」から楸邨の「真実感合」への変化のやうではないか。投影から浸透への変化だ。

ここでもう一度、楸邨の捩れの根幹に思ひを馳せたい。「捩れ」は意図した逆転と定義したやうに、文体が捩れたやうに見えるのには理由があるはずだ。

麦を踏む子の悲しみを父は知らず

初期の代表句である。「捩れ」の観点からみれば、子の悲しみと父の悲しみが行つたり来たりしてゐることがわかる。つまり対象である子の悲しみの原因が、親である自分にあると言つてゐるのだ。

楸邨にはいつも加害者意識があつた。根幹は一市民＝被害者としての怒り、悲しみなのだが、対象に入り込みすぎて、加害者側の意識に辿り着いてしまふのだ。哀しいほどの生真面目さだと思ふ。そしてこの加害者意識は戦争によつてますます強固なものになる。

夾竹桃しんかんたるに人をにくむ